Baby Parade

Jakki Wood

FRANCES LINCOLN

Wake up babies, let's start the day...

out of bed quick, it's time to play... **We're dressed!**

Push-a-long, pull-a-long, bounce about...

peek-a-boo, pat-a-cake, let's go out... **Yippee!**

Reaching for butterflies out in the sun...

birds, bubbles, balls, let's have some fun... **Hooray!**

Pile up sand in a great big heap...

cars and trucks, brum-brum, beep-beep... **Let's play!**

Babies making lots of noise...

toot, bang, pop, we like loud toys... **Watch us!**

Dollies and teddies we like to hug...

squeeze them, cuddle them, give them love... **Aaahhh!**

Fingers, bottles, cups, plates and spoons...

whatever we're eating, it always goes soon... **Yum yum!**

Soapy bodies and bubbly hair...

slippery puddles, we don't care... Splish-splash!

Time for a story, a tickle, a hug...

lie down sleepyhead, nice and snug... **Shhhh!**

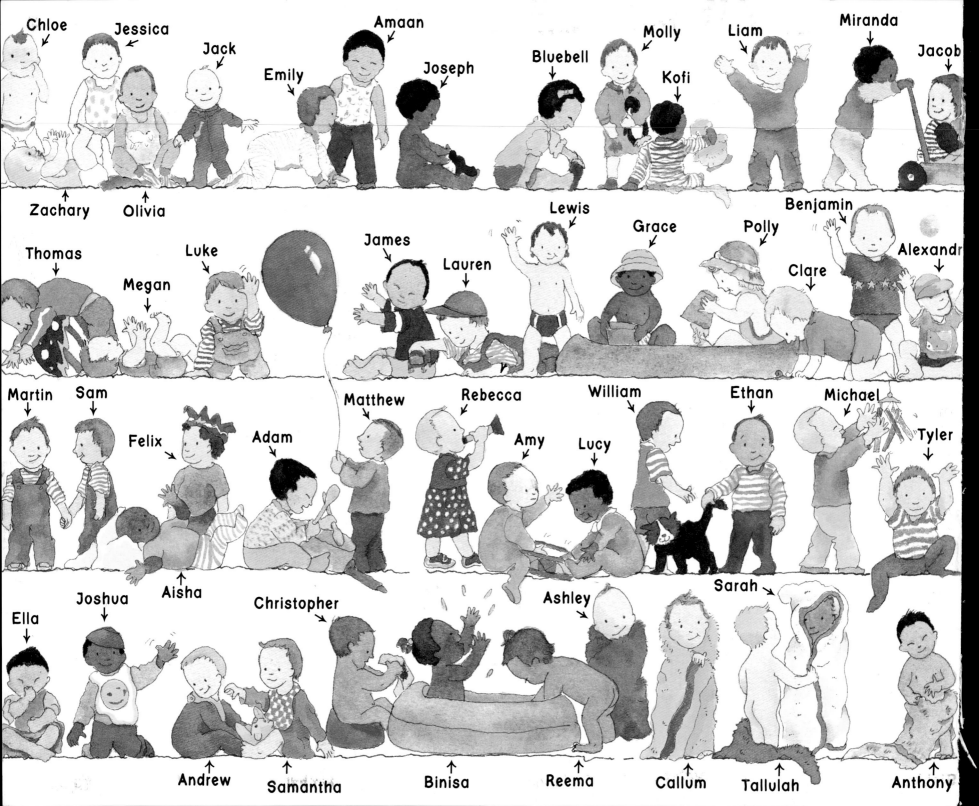